[illegible] MURAILLE DE PHILIPPE-AUGUS[illegible]

[illegible] amis des monuments parisiens ont, [illegible] dernière promenade, rendu visite [illegible] l'œuvre de Philippe-Auguste.

[illegible] constructions édifiées à Paris au [illegible] par l'ordre de ce puissant [illegible] peu de vestiges. C'est à peine [illegible] encore quelques débris de la [illegible] sans nombre qu'il [illegible] son départ pour la Croisade, [illegible] sans intérêt de rechercher [illegible] les vieilles rues ce que [illegible] dont si peu de personnes [illegible]

[illegible] pas très longtemps que les [illegible] détruits. Les vieux Parisiens [illegible] de les avoir vu apparaître [illegible] une révélation [illegible] abattit entre la rue des Écoles [illegible] Saint-Germain les maisons qui [illegible] dérobé à la vue cette grand[illegible] passé.

[illegible] de Paris, M. Victor [illegible] pied d'une des tours [illegible] à la lumière, fut [illegible] dont la valeur, à ne [illegible] était de plus de trente [illegible] prix, pour l'art et la [illegible] cette somme. Les [illegible] de coin, étaient de la plus [illegible] celle des Antonins.

[illegible] vu jadis les débris de [illegible] ont survécu. Si vous [illegible] allez dans la cour de [illegible] du Commerce, vous [illegible] encore intact [illegible] de muraille assez [illegible] autrefois la terrasse [illegible] filles.

[illegible] même côté, dans la [illegible] pas de la [illegible] encore le pied dans [illegible] dont la rue qui [illegible]

[illegible] rue Dauphine, au fond de la [illegible] 24, se dresse une tour presque [illegible] rue Guénégaud, n° 21, se [illegible] d'une autre tour avec laquelle [illegible] accouplait aux flancs de la muraille qui [illegible] prolongeait en ligne droite jusqu'à la [illegible]

[illegible] côté de la Seine, où l'enceinte [illegible] d'abord, sur une plus [illegible] plusieurs maisons cachent aussi, [illegible] muraille ou debout au fond de leur [illegible] jardin quelques-uns de ces [illegible]

[illegible] rue des Jardins-Saint-Paul, aujourd'hui rue [illegible] où Rabelais mourut, où [illegible] premières années d'apprentissage dra[illegible] on peut voir, dans l'enclos de la caserne [illegible] la base d'une des deux tours que Char[illegible] VIII avait données, en 1485, aux religieuses [illegible]

[illegible] numéro 28 de la rue de Rambuteau, le vieux [illegible] sur une étendue de plus de 20 [illegible] de terrasse.

[illegible] cœur même de Paris, rue Jean-Jac[illegible] numéro 12, dans le fond du jardin, [illegible] tour qui a conservé les deux [illegible] elle dépasse le sol de vingt[illegible] dans l'origine elle en avait trente [illegible] toutes les autres.

[illegible] les seuls restes de la puissante mu[illegible] Philippe-Auguste avait fait construire [illegible] chère ville de Paris [illegible]

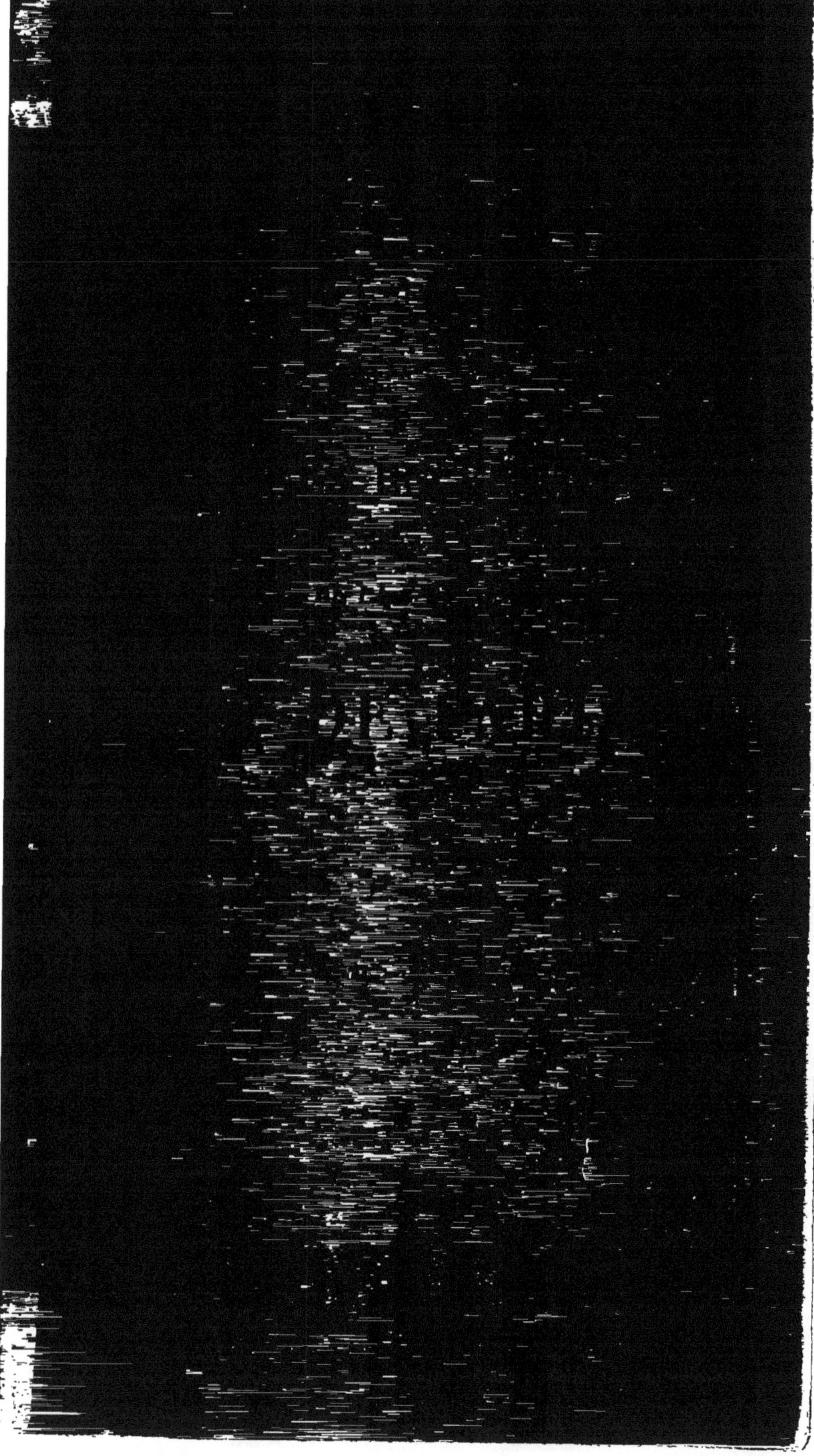

PLAN GENERAL DE LA VILLE ET DES FAUBOURGS DE PARIS.
PAR LE S.r ROBERT DE VAUGONDY, Géog.e ord.e du Roi, de S.M. Polon.e Duc de Lorr.e et de Bar, et de l'Acad. R.le de Nancy.
A PARIS
Chés l'Auteur, Quay de l'Horloge du Palais, près le P. Neuf 1760.
Echelle; de 300 Toises.
De la Haye sculpsit.
Enceinte de Philippe Auguste
Enceinte sous Charles V et VI
Enceinte de Louis XIII, d'après le Plan de Gomboust.
Enceinte des Boulevards.

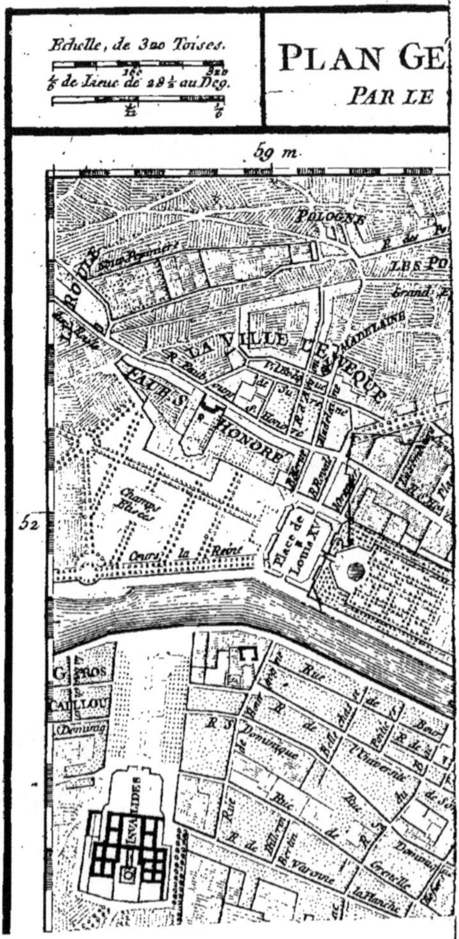

Echelle, de 320 Toises.

$\frac{1}{6}$ de Lieue de $28\frac{1}{2}$ au Deg.

PLAN GE

PAR LE

59 m.

52

POLOGNE

LES PO

LA VILLE L'EVEQUE

MADELAINE

FAUB S. HONORE

Champs Elisées

Cours la Reine

Place de Louis XV

GROS CAILLOU

INVALIDES

Rue de l'Université

R. S. Dominique

Rue de Grenelle

R. de Varenne

NOTICE

SUR

LES ANCIENNES ENCEINTES

DE LA

VILLE DE PARIS;

PAR M. RAMOND DU POUJET.

SECONDE ÉDITION.

A PARIS,

CHEZ { BELIN-LE PRIEUR, Libraire, Quai des Augustins, n° 55;
PETIT, Libraire de LL. AA. RR., au Palais-Royal, Galeries de bois, n° 257.

IMPRIMERIE DE J. GRATIOT,
rue du Foin Saint-Jacques, maison de la Reine Blanche.

1826.

ANCIENNES ENCEINTES

DE LA VILLE DE PARIS;

SES TOURS ET SES PORTES.

Lorsque les Normands assiégèrent Paris sous le règne de Charles le Gros (1), cette ville, bâtie dans une île formée par deux bras de la Seine, ne consistoit encore que dans ce qu'on appelle la Cité (2).

Entourée d'une enceinte de murailles flanquées

(1) Ce siége commença le 27 novembre 885, et dura jusqu'au mois de mars 886, que les Normands, chèrement payés par Charles le Gros, consentirent à se retirer.

(2) La Cité ne s'étendoit alors que jusqu'à l'endroit où est aujourd'hui la rue de Harlay, et étoit séparée par un bras de la Seine, de deux petites îles qui y ont été jointes depuis. Le grand-maître des Templiers a été exécuté le 18 mars 1314 sur celle de ces deux îles qui étoit au midi de l'autre, vers le quai des Augustins; elle se nommoit *l'Ile aux Bureaux*, l'autre *l'Ile à la Gourdaine.*

de tours, grandes et petites, on n'y entroit que par deux ponts de bois, placés où nous voyons aujourd'hui le Pont au Change et le Petit Pont.

Chacun de ces ponts étoit défendu par deux tours, dont l'une appartenoit à l'enceinte de murailles, et se trouvoit, par conséquent, en-dedans de la Cité; l'autre tour étoit séparée de l'enceinte par le pont et la rivière. Les tours extérieures étoient placées à l'endroit où l'on a bâti depuis le grand et le petit Châtelet.

On fait remonter jusqu'à Jules César l'origine de ces ouvrages : on croit aussi qu'il fit construire une seconde enceinte de murs et de tours sur les bords de la rivière opposés à l'île qui renfermoit la Cité. Il est fait mention de ces murs et de ces tours dans le diplome de Childebert Ier, du 6 décembre 558, pour la fondation de l'église de Saint-Vincent, aujourd'hui Saint-Germain-des-Prez.

Il paroît que ces mêmes fortifications subsistoient encore lors du siége des Normands sous Charles le Gros; mais comme il n'en reste plus rien (1) qui

---

(1) En 1392, on voyoit dans la Cité une vieille tour de l'enceinte, nommée la *Tour de Roland*, et plus anciennement la *Tour de Marquesas*. Elle étoit à dix toises environ de la rue de la Pelleterie vers la rivière. (Jail-

puisse indiquer à peu près leur situation, on ne peut se former d'idée juste que des diverses enceintes construites depuis ces temps reculés, et qui nous ont laissé assez de traces pour nous faire reconnoître encore la direction qu'elles suivoient autour de la ville de Paris.

Plusieurs auteurs ont parlé de ces enceintes, quelques-uns sans s'assujettir à beaucoup d'exactitude, d'autres pour n'en donner que des notions vagues ou incertaines. J'ai réuni ce qui dans leurs ouvrages offre le plus de certitude, mais qu'il y faut péniblement chercher parmi les diverses matières qu'ils y ont traitées. Ceux dont la critique est certainement la plus judicieuse et la plus éclairée sont Robert de Vaugondy (1), Jaillot (2),

---

lot, quartier Saint-Jacques de la Boucherie, p. 50. Sauval, liv. XIV, p. 42.)

Robert de Vaugondy parle d'une grosse tour qui existoit encore de son temps (vers 1760) dans la rue Saint-Louis près le pont Saint-Michel. Cette tour pouvoit être celle que l'on voit figurée à la même place sur le plan de Dheulland.

(1) Robert de Vaugondy a donné en 1760 un plan de Paris, précieux par l'exactitude avec laquelle les anciennes enceintes y sont tracées; il est accompagné d'un mémoire fort instructif, et qui m'a été d'un grand secours.

(2) Recherches critiques, historiques et topographiques sur la ville de Paris.

et M. de Saint-Victor qui, dans son *Tableau historique et pittoresque de Paris*, nous a donné un ouvrage profondément pensé et écrit avec un talent supérieur. C'est chez eux que j'ai puisé avec le plus de confiance. Lorsque la lecture des auteurs m'a laissé dans quelque incertitude, je suis allé reconnoître les localités ; j'ai consulté les anciens plans de Paris, et j'ai rectifié ce qui m'avoit paru douteux. Je crois donc que, sans se fatiguer par de laborieuses recherches, l'on prendra ici une idée assez juste de l'étendue que Paris avoit autrefois, de la direction des murs dont il a été entouré sous Philippe Auguste, Charles V et Charles VI, et de la situation de ses portes à chacun de ses accroissemens.

On ignore l'époque de la construction de la première enceinte connue de Paris au nord de la Cité (1), et qui subsistoit encore du temps de Louis le Jeune (2) : cette enceinte commençoit à peu près *à la Porte de Paris* que l'on nomme quelquefois improprement *l'Apport-Paris ;* elle continuoit le long de la rue Saint-

---

(1) On appela *la Ville* la partie qui fut renfermée dans les murailles au nord de la Cité.

(2) Louis VII, dit le Jeune, monta sur le trône en 1137, et mourut en 1180.

Denis jusqu'à la rue des Lombards, où il y avoit une porte ; passoit entre cette rue et la rue Trousse-vache (1) jusqu'au cloître Saint-Merry ; il y avoit là une seconde porte qui existoit du temps de Dagobert Ier, et dont on voyoit encore un jambage sous Charles V (2). La muraille tournoit ensuite par la rue de la Verrerie entre les rues Barre-du-Bec (3) et des Billettes, descendoit rue des Deux-

(1) Jaillot pense que le nom de cette rue lui vient d'une famille *Trossevache*, qui, suivant un acte daté de 1248, y avoit autrefois possédé une maison. On vient de substituer à ce nom celui de *la Reynie* ; il eût mieux valu laisser à la rue celui qu'elle portoit et sous lequel elle étoit connue depuis tant de siècles. C'est répandre volontairement l'obscurité sur l'histoire de Paris que de changer, comme on le fait tous les jours, des noms de rues qui rappellent, ou leur origine, ou des souvenirs historiques qu'il seroit intéressant de conserver.

(2) Charles V régna depuis 1364 jusqu'en 1380.

(3) La rue Barre-du-Bec prend son nom d'une maison où, dès le treizième siècle, étoit établi le siége de la juridiction que l'abbaye *du Bec* possédoit dans ce quartier. La *barre* étoit le nom qu'on donnoit à tous les endroits où l'on rendoit la justice ; ce nom, ainsi que celui de *barreau*, vient d'une barre de fer ou d'une barrière de bois qui séparoit le lieu où se tenoient les plaideurs, de celui qui étoit réservé aux juges ; de là, l'expression encore en usage de *mander à la barre*, *d'appeler à la barre* d'un tribunal, d'une cour de justice, etc.

Portes, où l'on voyoit encore une tour en 1702; traversoit la rue de la Tisseranderie, le cloître Saint-Jean, proche duquel étoit une troisième porte, la *Porte Baudoyer;* et finissoit sur le bord de la rivière entre Saint-Jean et Saint-Gervais, à peu près où est la rue des Plumets.

Robert de Vaugondy pense que cette enceinte commençoit sur le quai près le For-l'Évêque (1), suivoit la direction des rues Bertin-Poirée et des Déchargeurs, et renfermoit Sainte-Opportune dans la ville, avant d'arriver à la porte de la rue Saint-Denis près de la rue des Lombards; mais il ne fonde son opinion que sur de simples présomptions.

La *Porte Baudoyer*, si l'on s'en rapporte à de vieilles traditions, existoit déjà du temps de Clovis. Les historiens de la ville de Paris diffèrent de sentiment sur sa situation. Sauval et Delamarre la placent entre l'église Saint-Jean et l'église Saint-Gervais; Germain Brice veut qu'elle ait été voisine du marché Saint-Jean; et Jaillot, qu'elle fût

---

(1) Le *For-l'Évêque*, qui depuis 1675 servoit de prison à ceux qu'on arrêtoit pour dettes, étoit autrefois le lieu où l'évêque faisoit exercer sa justice, *Forum Episcopi*. Il a été détruit vers 1780 : la maison n° 65 de la rue Saint-Germain-l'Auxerrois a été bâtie sur l'emplacement qu'il occupoit.

située près de la rue Geoffroy-Lasnier, et, par conséquent, que l'église Saint-Gervais ait été renfermée dans la ville.

Ce qui feroit pencher pour l'opinion de Germain Brice et de Jaillot, c'est qu'entre le marché Saint-Jean et la rue Geoffroy-Lasnier, l'espace qu'on nomme la *Place Baudoyer* a conservé jusqu'à nos jours le nom de la *Porte Baudoyer*, et que cette tradition sembleroit nous révéler qu'il y avoit autrefois là une porte.

Mais alors que penser de cette tour qui se voyoit encore dans la rue des Deux-Portes au commencement du siècle dernier (1)? N'est-elle pas un témoin suffisant de la direction que prenoit le mur de l'enceinte *entre* l'église Saint-Jean et l'église Saint-Gervais?

Il est donc probable qu'à une époque qui nous est restée inconnue, l'enceinte dont cette tour faisoit partie a été reculée jusqu'au delà de Saint-Gervais, et que de vieux murs de la ville, qui s'étendoient, en 1383, depuis la rue Saint-Antoine jusqu'au jardin d'un hôtel de la rue de Jouy, dont Jaillot fait mention, appartenoient à cette autre enceinte; mais il est difficile aujour-

---

(1) Robert de Vaugondy, Mémoire, page 10. — Dictionnaire historique de Paris, tome IV, page 728.

d'hui d'établir une opinion sur un fait qui a embarrassé les anciens historiens de la ville de Paris.

Au midi de la Cité, ce qu'on a appelé le quartier de l'Université ne fut enclos de murs que sous le règne de Philippe Auguste. Sauval soutient cependant, liv. Ier, page 29, contre la commune opinion, que, de ce côté, il avoit existé une clôture qui renfermoit la place Maubert aussi-bien que son voisinage, commençoit au Petit-Pont et finissoit au bord de la rivière vis-à-vis la rue de Bièvre.

Enceinte commencée en 1190 sous Philippe Auguste, achevée en 1211.

Au nord de la Cité, cette enceinte avoit huit portes principales :

1° *La Porte du Louvre*, à côté et en deçà du Pont des Arts. Le mur partoit d'une grosse tour sur le quai, traversoit le Louvre en passant près du pavillon du milieu, et prenoit la direction de l'église de l'Oratoire. La porte fut abattue sous le règne de François Ier, en 1531. L'ancien Louvre étoit hors de l'enceinte.

2° *La Porte Saint-Honoré*, rue Saint-Honoré, devant l'église de l'Oratoire ; elle fut abattue en 1532 : on en a trouvé les restes en fondant l'extrémité occidentale du portail de l'église. Le mur passoit entre les rues d'Orléans et de Grenelle, traversoit les rues des Deux-Écus, Mercier, et de Sartine, arrivoit dans la rue Coquillière, à une porte nommée *la Porte-au-Coquillier*, et continuoit entre la rue du Jour, et la rue Platrière, aujourd'hui rue J. J. Rousseau, où l'on voit encore un reste de tour de quatre toises de hauteur, maison n° 12, au fond du jardin, à droite.

3° *La Porte Saint-Eustache* ou *Montmartre*, rue Montmartre, entre ces deux mêmes rues, à l'endroit où sont les maisons de la rue Montmartre n°s 15 et 32. La porte a été abattue en 1530. J'en ai vu les fondations lorsqu'on creusa la rue au mois d'octobre 1818, pour la construction d'un égout. Le mur traversoit la rue Comtesse d'Artois, aujourd'hui rue Montorgueil, à l'endroit marqué par cette inscription appliquée à la maison n° 31 : *Ici est l'ancien mur de la ville de Paris* (1). A côté, dans le cul-de-sac de la Bouteille, on voyoit, en 1756, une des tours de l'enceinte; on en voyoit une autre, en 1760, dans la rue Mauconseil, qu'il ne faut pas confondre avec la tour

(1) En 1498 la ville ordonna la démolition d'une tour de l'ancienne enceinte, placée rue Comtesse d'Artois en face du cul-de-sac de la Bouteille, et qui gênoit le passage.

qui servoit de cage à un escalier de l'hôtel des ducs de Bourgogne, et qu'on voit encore dans le fond de la maison n° 3 de la rue Pavée-Saint-Sauveur.

On avoit ouvert une fausse porte dans la rue Comtesse d'Artois pour la commodité de l'hôtel des comtes d'Artois (devenu hôtel de Bourgogne), qui touchoit à l'enceinte : elle fut pour cette raison nommée *Porte Comtesse d'Artois*, ou *fausse Porte au Comte d'Artois*; Du Breul la nomme *Porte de Bourgogne*. Elle étoit située à l'endroit de la rue Montorgueil où est placée l'inscription qui vient d'être citée, et fut démolie, ainsi que l'hôtel de Bourgogne, en 1543 (1). Le mur continuoit entre la rue Pavée et la rue Mauconseil pour arriver à la rue Saint-Denis; il coupoit, vers le milieu, l'espace où nous voyons la rue Française: cette rue a été ouverte sur l'emplacement de l'hôtel de Bourgogne lorsqu'il venoit d'être abattu; elle fut nommée d'abord *Rue Neuve*; ensuite on l'appela *rue Neuve-Saint-François* en l'honneur du roi François Ier, qui régnoit à cette époque; enfin on l'a simplement nommée *Rue Françoise*, et ce nom lui est resté jusqu'à des temps peu éloi-

(1) On lit dans Sauval, liv. VII, page 64, que *la Porte au comte d'Artois* avoit été dressée au bout de la rue au Comte d'Artois, entre la rue Pavée et la rue Mauconseil.

gnés où, sans nul égard pour son étymologie, on l'a écrit et prononcé *Rue Française*.

4° *La Porte aux Peintres*, rue Saint-Denis, un peu au-dessous du cul-de-sac qui a retenu le nom de la porte (1); elle fut démolie en 1535. Le mur alloit joindre une fausse porte, rue Bourg-l'Abbé, à soixante-dix pas environ de la rue aux Ours : on la nommoit *la Poterne Bourg-l'Abbé*.

5° *La Porte Saint-Martin*, rue Saint-Martin, entre la rue aux Ours (2) et la rue Grenier-Saint-Lazare; elle fut abattue en 1530. Le mur arrivoit rue Beaubourg, un peu au-dessus du cul-de-sac des Anglois, à une fausse porte ou porterne, nommée *la Porte Beaubourg* ou la *Porte Nicolas Huidelon* ou *Y'deron*, abattue la même année 1530; et aboutissoit, rue Sainte-Avoie, après avoir traversé l'hôtel de Saint-Aignan, à une fausse porte, nommée la Porte Sainte-Avoie. Il se dirigeoit ensuite,

---

(1) On a enlevé l'inscription *Cul-de-Sac de la Porte aux Peintres;* il falloit la conserver puisqu'elle marquoit l'endroit où la porte étoit placée.

(2) On nommoit autrefois cette rue, *la rue où l'on cuit les Oës, la rue as Ouès*, à cause de la quantité d'oies que grand nombre de rôtisseurs qui y étoient établis dès le XIIIe siècle, y faisoient cuire et y vendoient. C'est par altération du mot *Ouès* qu'on l'a nommée depuis la rue *aux Ours*.

en passant entre l'hôtel de Mesmes (autrefois hôtel de Montmorency) et la Merci, sur la rue du Chaume où étoit une fausse porte, mais qui ne fut ouverte que sous Philippe le Bel, en 1297, nommée la *Porte du Chaume* ou *de Braque* (1), et gagnoit la vieille rue du Temple en longeant intérieurement le cloître des Blancs-Manteaux, du côté de la rue de Paradis (2).

6° *La Porte Barbette*, vieille rue du Temple, entre la rue des Blancs-Manteaux et la rue de Paradis. La porte étoit ainsi nommée à cause du voisinage

---

(1) La rue de Braque tient son nom d'Arnoul de Braque, qui y avoit fait bâtir, en 1348, un hôpital et une chapelle. Plus tard, Nicolas de Braque y fit construire un hôtel. Charles VI, en 1384, lui donna, moyennant une redevance, les anciens murs avec les tours et tourelles, et les places vagues qui étoient entre la porte du Chaume et la porte du Temple. C'est là que s'établirent, depuis, les religieux de la Merci, et qu'en fondant leur mur mitoyen on retrouva des restes des anciens murs et de la porte du Chaume. S'il en faut croire Sauval, liv. Ier, page 34, cette porte n'a jamais été appelée Porte de Braque.

(2) Ces religieux obtinrent en 1404, du roi Charles VI, une tour et 39 toises 2 pieds des anciens murs contre lesquels ils étoient appuyés, et qui les séparoient d'une portion de terrain dont ils étoient possesseurs. Jaillot, *quartier Sainte-Avoie*, page 23.

de l'hôtel *Barbette* situé vieille rue du Temple (1). C'étoit une fausse porte, elle a été démolie en 1530. Le mur se dirigeoit, en passant entre les rues des Francs-Bourgeois et des Rosiers, et en traversant l'hôtel de la Force, vers les premières maisons de la rue Culture Sainte-Catherine, et descendoit par un coude à la rue Saint-Antoine.

7° *La Porte Baudet* ou *Baudoyer*, rue Saint-Antoine, devant l'église des Jésuites. Le mur gagnoit la rue des Prêtres Saint-Paul où étoit une fausse porte nommée *la Fausse Poterne Saint-Paul* ou *la Porte des Prêtres Saint-Paul*, et traversoit ensuite le couvent de l'*Ave Maria*, où existoit encore en 1773 une tour avec une longue suite de murs (2). Devant ce couvent, dans la rue des

---

(1) Cet hôtel, dont on voit encore une tourelle au coin de la rue des Francs-Bourgeois, avoit également donné son nom à une partie de la vieille rue du Temple : elle s'appeloit rue *Barbette* lorsque, le 23 novembre 1407, le duc d'Orléans, frère de Charles VI, y fut assassiné par les gens du duc de Bourgogne, devant l'hôtel de Rieux, au coin de la rue des Blancs-Manteaux.

(2) Charles VIII avoit fait don aux religieuses de l'*Ave Maria*, en 1485, de deux tours de l'ancienne enceinte et du mur de clôture qui joignoient le couvent. L'on voit, de la rue des Prêtres Saint-Paul, la trace de l'une de ces

Barrés, étoit une porte nommée *la Porte des Barrés* ou *des Béguines*. Le mur alloit joindre la Porte Barbelle au bord de la rivière.

8° *La Porte Barbelle sus l'Yaue* ou *devers l'Yaue;* nommée *Barbelle* à cause de son voisinage de l'hôtel *Barbeaux*, qui avoit également donné son nom à la tour contre laquelle la porte étoit appuyée, la *Tour Barbeau.*

Au midi de la Cité, il y avoit aussi huit Portes principales.

1° *La Porte Saint-Bernard*, ou *de la Tournelle*, sur le quai, entre le pont et la rue des Fossés Saint-Bernard. Elle a été abattue en 1606, et reconstruite par le prévôt des marchands Miron. La nouvelle Porte fut embellie par Blondel en 1674:

---

tours; la maison n° 13 en a conservé l'empreinte en creux dans la portion de mur qui domine les bâtimens de cet ancien couvent. Le plan en perspective de la ville de Paris, exécuté par Bretez en 1734, représente cette tour encore dans son entier; elle est exprimée dans le plan du quartier Saint-Paul, en 1773, par Jaillot, *Recherches sur Paris.*

c'est alors qu'elle prît le nom de Porte *Saint-Bernard;* elle a été démolie en 1786 (1).

2° *La Porte Saint-Victor,* rue Saint-Victor, en deçà de la rue des Fossés Saint-Victor, devant les maisons nos 83 et 85. Elle fut reconstruite en 1570, et a été abattue en 1684.

3° *La Porte Bordelle* (2), nommée depuis *la Porte Saint-Marcel,* près de l'extrémité de la rue Bordet, aujourd'hui rue Descartes; abattue en 1684.

4° *La Porte Saint-Jacques,* anciennement *la Porte Notre-Dame-des-Champs* (3), rue Saint-

---

(1) Sauval, liv. I, page 36, dit que la porte Saint-Bernard n'a jamais été qu'une fausse porte jusqu'en 1606, que François Miron la fit jeter par terre pour en faire une plus grande. Corrozet, qui donne la liste des portes de Paris, à la fin de ses Antiquités de Paris, ne nomme pas cette porte. M. de Mauperché (*Paris ancien, Paris moderne*, page 110) soutient qu'elle ne fut ouverte que *bien des siècles après* Philippe Auguste; cet auteur a probablement raison.

(2) La famille *Bordelle* avoit donné son nom à la rue qu'elle habitoit. La porte a pris le nom de la rue où elle fut bâtie.

(3) Au delà de cette porte étoient le faubourg et le monastère de *Notre-Dame-des-Champs;* ils donne-

Jacques, en deçà de la rue Saint-Hyacinthe. Elle fut abattue en 1684 (1).

5° *La Porte Gibard*, nommée au commencement du quatorzième siècle, *Porte d'Enfer* (2), et en 1394, *Porte Saint-Michel*, à l'occasion de la naissance d'une fille de Charles VI qui fut appelée *Michelle*. Cette porte étoit placée au haut de la rue de la Harpe, à l'endroit où est la fontaine; elle a été abattue en 1684.

6° *La Porte des Cordèles* ou *des Frères Mineurs*, rue des Cordeliers, aujourd'hui rue de l'Ecole de Médecine, à côté de la rue du Paon, à la même place où l'on voit une fontaine. Elle

---

rent leur nom à la porte par laquelle on passoit pour y aller.

(1) C'est par la porte Saint-Jacques que les troupes de Charles VII entrèrent le vendredi 13 avril 1436, et réduisirent la ville de Paris sous son obéissance.

(2) Comme cette porte conduisoit à la rue d'*Enfer*, elle en avoit pris le nom. Je pense, dit Jaillot, qu'on pourroit adopter l'opinion de ceux qui croient que le nom de cette rue vient de sa position; qu'étant plus basse que la rue du Faubourg Saint-Jacques, qui lui est parallèle, et qu'on appeloit *Via Superior*, on l'a nommée *Via Inferior*, *Via Infera*, et que ce mot a été altéré et changé en celui d'*Enfer*.

fut nommée *Porte Saint-Germain* en 1352, lorsque la porte de Buci, qui s'appeloit Porte Saint-Germain, en quitta le nom pour prendre celui de Buci : l'une et l'autre ont été abattues en 1672.

7° *La Porte de Buci*, à l'extrémité de la rue Saint-André-des-Arcs, à côté et en avant de la rue Contrescarpe. La porte de Buci et la rue Saint-André-des-Arcs ont été appelées, jusqu'en 1352, porte et rue Saint-Germain ; c'étoit le chemin qui conduisoit à l'abbaye Saint-Germain-des-Prez. La porte prit le nom de Buci en 1352, parce que Simon de Buci en devint propriétaire en partie (1). Il la fit en conséquence réparer et recouvrir. C'est la porte de Buci qui fut livrée en 1418, par Périnet Leclerc, aux gens de la faction de Bourgogne ; après cet événement, elle fut murée. François Ier la fit rouvrir et reconstruire en 1539, suivant Jaillot, ou en 1542, suivant Du Breul et Sauval. Elle fut refermée de nouveau et puis rouverte encore en 1586 ; enfin elle a été abattue, comme on vient de le dire, en 1672.

(1) Simon de Buci étoit premier président au parlement : il fut le premier qui ait pris ce titre ; les trois présidens nommés auparavant par Philippe de Valois en 1344 ne prenoient alors que la qualité de *maîtres du Parlement*.

Après que la rue Dauphine eut été percée en 1607, on y construisit une porte, qui fut placée à côté et en avant de la rue Contrescarpe; on la nomma *la Porte Dauphine;* une inscription placée sur la maison n° 50, indique la situation de cette porte, et rappelle qu'elle a été abattue en 1673.

8° *La Porte de Nesle,* appelée d'abord *la Porte de Philippe Hamelin,* placée dans le mur du collége Mazarin, mitoyen avec les maisons du quai de Conti, suivant un article du Mercure de France de février 1760, page 119, rapporté dans le Dictionnaire historique de Paris, au mot *Enceinte.* Cette porte a été abattue en 1684. On lit dans Corrozet, *Antiquités de Paris*, chap. 29, « Sous Henri II, en 1550, fut ouverte la porte de l'hôtel de Nesle pour passer du côté des Augustins vers Saint-Germain-des-Prez » (1).

Cette porte avoit été murée lorsqu'on reçut à Paris la nouvelle de la fatale journée du 24 février 1525, où le roi François Ier venoit d'être fait prisonnier devant Pavie; les autres portes de la ville le furent également, à la réserve des portes Saint-

(1) Le retour d'équerre que forme la rue Mazarine pour aboutir à la rue de Seine, s'est autrefois nommé *Petite rue de Nesle,* parce qu'il conduisoit à la porte et à l'hôtel de Nesle.

Antoine, Saint-Denis, Saint-Honoré, Saint-Jacques, et Saint-Victor.

De ce côté, Charles V ne changea rien à l'enceinte de Philippe Auguste ; il fit seulement creuser des fossés autour des murailles. L'ouvrage fut commencé en 1356, Charles n'étant alors que Dauphin.

Nom des Rues (1) *qui tracent encore l'enceinte méridionale de Paris.*

AUTREFOIS.	AUJOURD'HUI.
Rue des Fossés S.-Bernard.	Rue des Fossés S.-Bernard.
Rue des Fossés S.-Victor.	Rue des Fossés S.-Victor.
Rue des Fossés S.-Marcel.	Rues de Fourci et de la Vieille Estrapade.
Rue des Fossés S.-Jacques.	Rue des Fossés S.-Jacques.
Rue des Fossés S.-Michel.	Rue S.-Hyacinthe.
Rue des Fossés M^{r} le Prince.	Rue de M^{r} le Prince (2).
Rue des Fossés S.-Germain-des-Prez.	Rue des Fossés S.-Germain-des-Prez.
Rue des Fossés-de-Nesle.	Rue Mazarine.

(1) C'est en 1728 que l'on commença a écrire au coin des rues et des places les noms qu'elles portoient.

(2) Les jardins des rues des Fossés Saint-Jacques, Saint-Hyacinthe et des *Fossés* Monsieur le Prince, du côté de la

Cette enceinte renferma le palais des Thermes dans la ville. Les amateurs de l'antiquité ont long-temps gémi sur l'abandon où l'on avoit laissé les restes de ce monument, seul ouvrage des Romains qui existe encore à Paris. Ce palais avoit autrefois servi de demeure à des proconsuls, à des rois de France de la première et de la seconde race, et à quelques-uns de la troisième; on a vu, dans ces derniers temps, ce qui en restoit servir longues années d'écurie à un loueur de chevaux, et ensuite de magasin à un tonnelier; enfin nos Princes, de retour dans leur patrie, frappés d'un abandon si coupable, ont voulu sauver ce qui étoit encore sur pied de ces antiques débris; des ordres ont été donnés, et ce respectable monument est préservé de son entière destruction.

Aux quatre extrémités de l'enceinte de Philippe Auguste furent élevées quatre grosses tours qu'on nommoit *les Quatre Tours de Paris*, parce qu'elles servoient comme de citadelles à cette ville.

---

rivière, sont plantés dans les anciens fossés. Depuis peu d'années l'on a supprimé dans les inscriptions de cette dernière rue le mot qui rappeloit si bien que le *fossé* étoit là. Les traditions ne se perdent que trop facilement, il ne faudroit pas aider encore à en effacer la trace.

1° *La Tour Barbeau*, sur le quai entre le pont Marie et le port Saint-Paul, bâtie par Philippe Auguste en 1185. Cette tour prenoit son nom d'un hôtel voisin qui joignoit une porte à laquelle il avoit également donné son nom, la *Porte Barbelle* (1). Plusieurs auteurs ont confondu cette tour avec la tour de *Billy* qui a été bâtie plus tard et qui étoit placée plus loin.

2° *La Tour de la Tournelle*, quai de la Tournelle, sur la rivière, et appuyée contre la porte, laquelle étoit placée entre le pont et la rue des Fossés Saint-Bernard. Comme cette tour, bâtie par Philippe Auguste, tomboit en ruine, elle fut relevée vers 1554; mais elle n'existoit plus dans son entier quand ce que nous en avons vu encore sur pied fut démoli ainsi que la porte, vers 1786.

3° *La Tour de Nesle*, appelée d'abord *la Tour de Philippe Hamelin* (2), placée où l'on voit aujourd'hui le pavillon oriental du collége Mazarin renfermant la bibliothèque.

4° *La Tour du Louvre*. C'étoit une grosse tour

(1) L'hôtel appartenoit et devoit son nom à l'abbaye de *Barbeaux* près de Melun; cette abbaye, fondée par Louis le Jeune en 1143, étoit de l'ordre de Citeaux.

(2) Philippe Hamelin étoit prévôt de Paris en 1217.

bâtie sur le quai contre le vieux Louvre. Elle a quelquefois été confondue avec *la Tour du Bois*, ou *Tour Neuve*, ou *du Grand Prévôt*, qui étoit située vers le guichet de Marigny (1).

L'entrée et la sortie de la rivière étoient défendues par de grosses chaînes de fer, portées, de distance en distance, sur des bateaux, et attachées à de forts pieux placés pour cet usage. Une de ces chaînes alloit de la tour de Nesle à la tour

---

(1) Sauval déploroit *le peu de compte* qu'on faisoit de son temps de ces anciens monumens. Il n'y a que trois jours, disoit-il, en 1663, qu'on a ruiné la tour de Nesle, et celle tout vis-à-vis, de l'autre côté de la rivière, qui tenoit à l'hôtel du Grand Prévôt, si vénérables par leur ancienneté, sans que personne ait songé à remontrer qu'on devoit avoir quelque respect pour ces sortes de monumens. — L. XIV, page 40.

Qu'auroit dit cet auteur, s'il avoit été témoin des destructions qui se sont opérées sous nos yeux ? Je veux bien ne pas parler de celle du grand Châtelet !..... il obstruoit un passage très fréquenté. Mais la tour du Temple ! la dernière forteresse qui nous restoit du moyen âge ! C'étoit un monument historique ; où il étoit placé il ne gênoit rien ; de tristes souvenirs y étoient attachés qui rendoient sa conservation encore plus précieuse. La barbarie l'a renversé........ à cause de ces souvenirs peut-être !

du Louvre ; une autre partoit de la Tournelle pour joindre une tour construite dans l'île Notre-Dame (l'île Saint-Louis) (1), et nommée *Tour de Loriot* ou *Lauriaux*, du nom de celui qui étoit chargé du soin de ces chaînes en 1369; et de là elle alloit s'accrocher à la tour Barbeau. De cette manière, Paris se trouvoit fermé partout et sans interruption.

Le mur de l'enceinte méridionale existe encore dans le fond des cours de la rue des Fossés Saint-Victor, maisons n°s 14, 18, 20, 26, 28 et 30, et vient servir de mur mitoyen aux maisons n°s 83 et 85 de la rue Saint-Victor; il est coupé par la rue Clopin et par une rue ouverte en 1808, la rue Clovis, qui, l'une et l'autre, descendent de la montagne Sainte-Geneviève à la rue des Fossés Saint-Victor; il longeoit intérieurement le jardin de l'abbaye Sainte-Geneviève, en suivant une ligne parallèle à la rue de la Vieille Estrapade, à la distance, à peu près, de

---

(1) Cette île étoit partagée en deux par un petit bras de la rivière qui la coupoit à l'endroit où est l'église de Saint-Louis. La plus grande de ces deux îles s'appeloit *l'île Notre-Dame* et la plus petite *l'île aux Vaches*, parce qu'on y menoit paître les bestiaux. Elles appartenoient toutes deux à l'église de Notre-Dame.

la largeur de la terrasse de ce jardin. C'est là qu'on voyoit encore, au dix-septième siècle, la place d'une porte qu'on appeloit *la Porte Papale*.

L'origine et le nom de cette porte ont causé de longues et infructueuses recherches aux historiens de la ville de Paris. Jaillot pense qu'elle fut ouverte pour faire honneur au pape Eugène III, lorsqu'il vint à Sainte-Geneviève en 1147 (1). Cette porte est figurée sur les plans de Gomboust, de Mérian et de Berey; ils la placent en face de la maison de la rue de la Vieille Estrapade qui forme le coin de la place de l'Estrapade.

Le mur de l'enceinte se retrouve ensuite au fond du jardin des maisons nos 5, 7, 9, 11, 13 et 15 de la rue Saint-Hyacinthe; il est arrêté par des constructions modernes à l'une de ses tours, dont elles ne laissent plus apercevoir qu'une petite portion; mais on en voit une assez entière derrière la maison n° 5 (2). Des parties de ce mur,

(1) Ce qui autoriseroit l'opinion de Jaillot, c'est qu'une porte semblable fut ouverte dans les murs de l'Abbaye de Saint-Germain-des-Prez; lorsque le pape Alexandre III y vint, en 1163, faire la dédicace de l'église.

(2) Ce reste de muraille et ces tours sont exprimés dans le plan en perspective de Bretez, et dans celui de Jaillot, quartier Saint-André-des-Arcs.

qui existoient encore en 1763, alloient joindre deux tours, dont l'une se voyoit alors dans le collége d'Harcourt (1), et l'autre dans le petit jardin de l'apothicairerie des Cordeliers ; on en voyoit une autre dans une écurie de la rue Mazarine. Le mur se retrouvoit dans le fond de toutes les cours de cette rue. J'ai lieu de croire que, depuis ce temps là, ces murs, ces tours, tout a été détruit ; mais la partie inférieure d'une tour existe encore dans la cour de la maison n° 31 de la rue Guénégaud : je l'avois vue dans son entier il y a vingt ans, et l'aspect de ce vieux monument, placé au fond d'un atelier de forgerons, et éclairé par les feux de leurs forges, ne laissoit pas d'avoir quelque chose de fort imposant (2).

---

(1) C'est dans la cour des cuisines du collège d'Harcourt que cette tour se trouvoit placée ; il existoit une tradition à cette époque (1763) sur cette même tour ; c'est que le célèbre Pascal y avoit composé ses *Lettres Provinciales* dans le siècle précédent. (Note communiquée.)

(2) Sauval, liv. XIV, page 40, dit qu'à la clôture entreprise sous Philippe Auguste et sous Charles V on comptoit jusqu'à *six cents* tours ; Félibien et Lobineau, dans leur Histoire de Paris, n'en comptent que *cinq cents* : de part et d'autre il y a exagération ; il est impossible que le nombre en ait été, et à beaucoup près, aussi considérable.

Le mur qui fait le fond du cul-de-sac de la rue de Nevers, et celui qui sert de fondation au mur de clôture du collège Mazarin, et va finir au pavillon de la bibliothèque, sont des restes de cette même partie de l'enceinte.

Enceinte commencée sous Charles V, en 1367, et achevée sous Charles VI, en 1383.

Charles V fit reculer jusqu'à l'endroit où commence, vers la rivière, le nouveau boulevard en face de la pointe orientale de l'île Louvier, l'enceinte qui auparavant aboutissoit entre le port Saint-Paul et le pont Marie.

C'est à ce même endroit qu'étoit placée la *Tour de Billy;* on la voit figurée sur le plan de Dheulland. Cette tour fut entièrement détruite, le 19 juillet 1538, par le tonnerre, qui mit le feu à une grande quantité de poudre qu'on y gardoit.

La Porte Saint-Antoine fut construite rue Saint-Antoine, près de la Bastille, entre la rue des Tournelles et la rue Jean-Beausire, laquelle alloit droit sur cette forteresse (voyez le plan de Dheulland). Une nouvelle porte fut élevée en 1585, à laquelle l'architecte Blondel ajouta deux ouvertures en 1671. C'est lors de ces travaux que l'ancienne porte fut abattue. La nouvelle porte étoit placée dans l'alignement de la contr'allée du boulevard Saint-Antoine, du côté de la ville, et a été détruite vers 1777. Elle étoit en avant de la Bastille.

La Porte du Temple fut placée à l'endroit de la rue du Temple où aboutit la rue de Meslay, qui s'appeloit autrefois la *Rue des Remparts*. Les malheurs du temps l'ont tenue fermée l'espace de 58 ans, jusqu'en 1606 qu'elle fut reconstruite; elle a été abattue en 1684.

La Porte Saint-Martin et *la Porte Saint-Denis*, aux deux extrémités et en avant de la rue Neuve Saint-Denis, qui alors fut appelée *Rue des deux Portes*. Ces portes ont été abattues vers 1673, et remplacées par les deux beaux monumens que nous voyons aujourd'hui à l'entrée des deux fauxbourgs; ils sont placés conséquemment bien au-delà des anciennes portes dont ils ont pris le nom.

La Porte Montmartre fut construite à l'endroit où la rue des *Fossés-Montmartre* aboutit à la rue Montmartre; elle a été abattue en 1633, et reportée en deçà de la rue Feydeau, qui faisoit partie du fossé, et qui, en 1675, portoit encore le nom de *Rue Neuve des Fossés Montmartre*.

Les ponts qui appartenoient à ces deux portes ont existé, jusqu'à ces derniers temps, sous le pavé de la rue Montmartre; je les ai vus à découvert au mois de mai 1812, lorsqu'on travailloit à la construction d'un égout, l'un à l'entrée de la rue des Fossés Montmartre, l'autre entre la rue des Jeuneurs (1) et la rue Feydeau; la porte qui étoit au-dessus de ce dernier pont a été abattue en 1684. De la Tynna la place à l'endroit où sont les maisons n°s 153 et 162 de la rue Montmartre (voyez les plans de Gomboust et de Bercy).

La Porte Saint-Honoré, rue Saint-Honoré, entre la rue des Boucheries et la rue du *Rempart*; la rue des Boucheries et la rue Traversière faisoient partie du fossé (2). C'est à peu près au bout de la rue Traversière, vers la rue Saint-Honoré, que, lorsque Charles VII se disposoit à attaquer Paris, le 8 septembre 1429, l'illustre et

---

(1) Deux jeux de boules dont cette rue occupe la place lui avoient fait donner le nom de rue *des Jeux neufs*; c'est par corruption qu'on la nomme aujourd'hui rue *des Jeuneurs*.

(2) Dicti. historiq. de Paris, tome Ier, à la fin de la dernière page.

infortunée Jeanne d'Arc, étant venue sonder avec sa lance la profondeur de l'eau du fossé, eut les cuisses percées d'un trait d'arbalète qui lui avoit été décoché de dessus le rempart (où est aujourd'hui la *rue du Rempart*).

La Porte Saint-Honoré a été abattue en 1633, et replacée à l'endroit où commence le boulevard de la Madeleine; celle-ci a été démolie en 1733.

L'enceinte de Charles V nous est à peu près retracée par la ligne que suit la partie du boulevard qui commence vers la rivière, à l'endroit où étoit la tour de Billy, et qui finit à la rue du Pont-aux-Choux. Elle traversoit le couvent des Filles du Calvaire pour suivre la rue de Vendôme jusqu'à la porte du Temple, et arriver par la rue de Meslay aux portes Saint-Martin et Saint-Denis placées aux deux extrémités de la rue Neuve-Saint-Denis; le mur continuoit le long de la rue de Bourbon-Ville-Neuve, de la rue Neuve-Saint-Eustache, qui se sont appelées *rue du Milieu du Fossé*, et le long de la *rue des Fossés-Montmartre*; il traversoit ensuite le jardin de l'hôtel Massiac où on l'a vu à découvert en 1800, la place des Victoires, l'hôtel de Toulouse, aujourd'hui palais de la Banque de France, le jardin du Palais-Royal diagonalement, la rue Saint-Honoré entre *la rue du Rempart* et la rue des Boucheries, la place du Carrousel en passant entre la seizième et la dix-septième arcade de la nouvelle galerie, à partir du pavillon de Marsan (1), et alloit finir au bord de la rivière en se dirigeant vers le guichet de Marigny.

C'est entre ce guichet et celui qui est au-dessous d'une campanille, qu'étoit placée sur le quai *la Tour du Bois*, nommée aussi *Tour Neuve*, ou *Tour du Grand Prévôt*.

A côté de cette tour, et plus près du guichet de Marigny, fut construite, en 1536, une porte que l'on nomma *la Porte Neuve*; elle fut abattue vers la fin du dix-septième siècle. (Voyez le plan de Gomboust.)

C'EST PAR LA PORTE NEUVE QUE HENRI IV FIT SON ENTRÉE A PARIS, LE 22 MARS 1594.

---

(1) Lorsqu'on creusa la place du Carrousel pour construire la nouvelle galerie, on découvrit les restes de l'ancien mur entre ces deux arcades.

Portes construites depuis les règnes de Charles V et de Charles VI.

La *Porte de la Conférence*, placée sur le quai vers le dernier angle rentrant du mur de la terrasse du jardin des Tuileries (1). Elle fut construite avant 1566, et a été démolie en 1730.

La *Porte de Richelieu*, construite en 1634; elle a donné son nom à la rue de Richelieu. Gomboust la place immédiatement après l'hôtel Thévenin qui devint l'hôtel de Menars, dont la rue de Menars, percée sur son emplacement, nous marque encore la situation. La porte fut abattue en 1701.

La *Porte Saint-Roch* ou *Gaillon*, bâtie, en 1645, rue de la Michodière, en avant de la rue Neuve-Saint-Augustin. Elle fut abattue en 1700, si l'on s'en rapporte à Jaillot et au Dictionnaire historique de Paris; on la trouve cependant encore tracée sur le plan de Bullet de 1707, et sur celui de Defer de 1712.

---

(1) Supposant une ligne tirée perpendiculairement du dôme de l'Assomption sur la rivière, on trouveroit la place qu'occupoit cette porte sur le quai un peu en arrière de la ligne. (Voyez le plan de Gomboust.)

La *Porte de la Poissonnerie* : Gomboust et Berey la placent à l'extrémité de la rue Poissonnière entre la rue de la Lune et le Boulevard. Là étoient encore les limites de Paris en 1726, comme nous le rappelle une inscription placée contre la maison n° 3 du Boulevard Poissonnière.

La *Porte Sainte-Anne*, bâtie, en 1645, à l'entrée de la rue Sainte-Anne, aujourd'hui rue du Faubourg Poissonnière, et démolie vers le commencement du siècle dernier. Elle est citée par Jaillot et de la Tynna. On la nomma *Porte Sainte-Anne* pour faire honneur à la reine Anne d'Autriche. (Voyez le plan de Nollin de 1699.)

La *Poterne du Marais*, bâtie vers 1637. On la voit figurée sur le plan de Gomboust, à l'extrémité de la rue du Pont-aux-Choux, nommée alors *rue de Poitou*. Il paroît qu'après avoir été abattue, elle fut remplacée par :

La *Porte Saint-Louis*, construite, en 1674, dans le genre rustique, de l'autre côté du boulevard vers la rue Saint-Sébastien, et démolie en 1760 (1).

---

(1) Voyez Jaillot, Recherches sur Paris, article de la rue du Pont-aux-Choux et le plan en perspective de Bretez.

Ces dernières Portes appartenoient à de nouvelles enceintes sur lesquelles on peut consulter Robert de Vaugondy, qui en a donné la description avec son exactitude connue (1).

---

(1) Son Mémoire sur les différens accroissemens de la ville de Paris, ainsi que le plan géométral de Paris sur lequel il a tracé les différentes enceintes de cette ville, se trouvent chez M. F[x] Delamarche, rue du Jardinet, n° 13, quartier Saint-André-des-Arcs.

Le Plan qui est à la fin de cette Notice est une réduction du grand plan géométral de Robert de Vaugondy, tel qu'il l'avoit dressé en 1760.

FIN.

www.ingramcontent.com/pod-product-compliance
Ingram Content Group UK Ltd.
Pitfield, Milton Keynes, MK11 3LW, UK
UKHW022153190726
13855UKWH00004B/1453